Anlauf aus der Asche

Heinz-Uwe Haus
Utz-Uwe Haus

*Volle Bewunderung
und Dank
Daniel Speculat
herzlich*

17.11.06

Anlauf aus der Asche

von
Heinz-Uwe Haus

Mitarbeit
Utz-Uwe Haus

1988/2005

Bibliographische Information Der Deutschen Bibliothek
Die Deutsche Bibliothek verzeichnet diese Publikation in der Deutschen Na-
tionalbibliographie; detaillierte bibliographische Daten sind im Internet unter
`http://dnb.ddb.de/` abrufbar.

© Heinz-Uwe & Utz-Uwe Haus
Pasteurstr. 28 · D-10407 Berlin · Deutschland

Umschlagbild: J. Bodin
Satz und Umschlaggestaltung: Utz-Uwe Haus
Herstellung und Verlag: Books on Demand GmbH, Norderstedt
Gesetzt aus der Linotype Avenir

ISBN 3-8334-3549-6

Szenen

Personen

Helene		Madame Recamier
Pierette		(auch Souffleuse)
Powell		
Bolder	sowie	Musiker
Wernitz		(im besonderen Einsatz),
Kerwien		Psyche
Biafra		(die Inspizientin)
Wahnblut		

Ort und Zeit

Auf, vor und hinter einer Bühne, Berlin-Prenzlauer Berg, 1981

1.

Point of no Return

Gleichmäßig helles Licht. Die linke Seitenwand ist mit schwarzer, die rechte mit weißer Plastikfolie überzogen. Die Projektionswand zeigt Madame Recamier, berühmtes Bild von David.
Im Vordergrund agiert dieselbe als Souffleuse ohne Stimme.

Powell: You know I have a Rad ab.

Pierette: Sie sind in meiner Manteltasche.

Powell: Nein, auf dem Schrank.

Helene: Wie krumm du bist.

Powell: Weil du mich abgestellt hast?

Helene: Dann habe ich Sie liegengelassen.

Powell: Eines Tages wird dir was fehlen.

Helene: Du hast dich nicht vorgestellt?

Powell: Aber ja.

Helene: Ich habe keine Courage gehabt. Ich bin, ich weiß nicht wie-vielmal, um den Häuserblock.

Powell: Ich geh und pack es dir.

Helene: Noch ein Jahr und du endest im Kontrastprogramm.

Powell: Ja.

1. Point of no Return

Helene: Das ist ein neuer Pullover?

Powell: Sogar auf der Straße blieben schon Leute stehen!

Helene: Wollen wir nicht das alberne Spiel beenden!

Powell: Stimmt auch das?

Helene: Im Prinizip ja, nur – ich spielte ja nicht.

Powell: Sondern?

Helene: Versah meinen Dienst. Ganz normal.

Pierette: Normal nennen Sie das?

Helene: Was das Eigentliche betrifft –

Pierette: Das sollten wir festhalten. Sie sagten ja selbst: er kontrollierte die Ausweise, stellte Passierscheine aus, betätigte den Schlagbaum.

Powell: Heißt es nicht: „Fahndungskontrolle. Ihre Personalien, bitte?".

Helene: Na ja, welch liebenswürdiger Einfall.

Powell: Wie kommt man auf dergleichen?

Helene: Einfach so.

Pierette: Das ist keine Erklärung! Die hatte schon ich zurückgewiesen!

Powell: Sicher läßt er sich in wenigen Worten beschreiben.

Pierette: Hirnriß. Vorwärts und nicht vergessen. Deine Hand für dein Produkt.

Helene: Das tut mir weh, wenn ich dich da herumhängen sehe. Hast überhaupt kein Ziel vor den Augen.

Souffleuse:

„Meiner Ansicht nach ist es notwendig, die Todesstrafe durch Erschießen für alle Phasen der Umtriebe der Menschewiken, Sozialrevolutionäre und ähnliche auszudehnen. Es muß eine

Formel gefunden werden, die diese Umtriebe in Verbindung bringt mit der internationalen Bourgeoisie und deren Kampf gegen uns (Bestechung der Presse und Agenten, Kriegsvorbereitungen und ähnliches)."

Powell: Nadeshda, Streng geheim. Ich will über dein Haar streichen.

Helene: Ernsthaft, Pierette, es kann einem alles fehlen, aber wenn man ein Ziel vor Augen hat.

Powell: Ich habe ein Ziel, aber es ist unerreichbar.

Helene: Das mußt du mir erst zeigen.

Powell: Auf diese Weise bin ich sicher, es immer zu haben.

Helene: Und nichts zu erreichen?

Powell: Ich möchte, daß du nicht mehr allein bist.

Helene: Mit dir bin ich nicht allein.

Powell: Daß du einen anständigen Typ für dich findest.

Pierette: Daß du ihn zufriedenläßt.

Helene: Was?

Powell: Du weißt doch.

Helene: Ich falle dir zur Last?

Powell: Das ist es nicht.

Helene: Ich versuch schon lange nicht mehr, dich zu beeinflussen.

Powell: Daß du mich so sein läßt.

Pierette: Wenn du dir ein bißchen Mühe geben würdest. Das Leben liegt nicht auf der Straße. Wie du nur mit den Fingerspitzen suchst, statt dich ihres Anblicks vergnügt zu erinnern. Wenn ich zurückkomme und Sie wieder sehe –

Powell: Aber du weigerst dich, das Clownskostüm abzulegen!

Pierette: Ich kann doch nicht nackigt am Tor –

1. Point of no Return

Helene: Sie sind schon so von zu Hause gekommen?

Pierette: Bloß statt des Hütchens den Sturzhelm auf.

Powell: Unglaublich, daß man dich nicht gestoppt hat.

Helene: Die Genossen wissen schon, was sie tun.

Pierette: Vorschriftsmäßig. Fahre ich immer am besten.

Powell: Na bitte. Solch Bekenntnis zum Regulären klärt wohl auch unsere Angelegenheit.

Pierette: Ich bleib lieber so.

Helene: Das ahnte ich.

Powell: Nun, das – wer möchte das nicht – gelegentlich? Auch dämmert es ja bald.
(Auftritt Biafra)

Biafra: Es hat angefangen zu regnen.

Powell: Du hast also Statistiken gemacht?

Helene: Wieso denn?

Biafra: Wie gewöhnlich.

Helene: Naja, gut.

Powell: Wozu?

Helene: Man wertet aus.

Powell: Was macht man damit?

Helene: Damit kann die Entwicklung des steigenden und sinkenden Bedarfs verfolgt werden. Wir erfüllen die Hauptaufgabe nur durch Rationalisierung.

Powell: Das heißt?

Helene: Karenzzeit. Im Sommer gefrostet, im Winter verkostet. Attacken gegen das Schweigen. Lebenslange Freiheitsstrafe.

Powell: Warum?

Helene: Damit das schneller geht. Je dicker, desto besser.

Biafra: Warum muß ich das alles hören?

Helene: Weil er mich fragt.

Biafra: Und mich fragst du nicht?

Helene: Du stellst nie Fragen.

Pierette: Merkst du nichts?

Helene: Was ist los? Du machst mir Angst.

Biafra: Weil ich dir keine Fragen stelle?

Helene: Ich sollte dir etwas sagen. Doch es ist alles arrangiert. Du wirst morgen abend mit Pierette den ersten Anlauf versuchen.

Powell: Falls gestern kein solcher war. Ich gratuliere!

Pierette: Keine Ursache. Da war nichts. Und getrunken habe ich nur Tonic. Ich würde ja auch nie angetrunken auf Arbeit kommen.

Powell: Dann begreif ich erst recht nicht –

Biafra: Erinnern Sie sich: das Rasieren früh!

Powell: Ja, richtig! Sie – Sie sind Naßrasierer?

Biafra: Bin ich.

Helene: Vielleicht sollten Sie lieber elektrisch –

Pierette: Aber so kommen wir doch nicht weiter. Wenn Sie nicht auf der Stelle ein Machtwort sprechen –

Biafra: Ich muß schon bitten. Habe ich nicht vergessen. Bin auch schon unterwegs.

Pierette: Erst das Machtwort!

Powell: Ehe nicht alle Mittel der Überzeugung erschöpft sind –

1. Point of no Return

Pierette: Sie sind es.

Powell: Sind sie nie! Wozu hätte ich denn Helene?

Helene: Du fandest, daß ich mir nicht genug Sorgen gemacht habe. Ich möchte wissen, was du von mir willst?

Pierette: Aber nichts!

Powell: Haltung kann ich ja wohl noch verlangen!

Helene: Warum schreist du mich an? Alles geht so gut. Ich bin so nützlich.

Powell: Du siehst nur die gute Seite der Dinge, das heißt, du siehst überhaupt nichts.

Helene: Ich versuche es. Ich beginne, zwischen den Zeilen zu lesen.

Powell: Geständnis einerseits und Aussageverweigerung andererseits – das scheint ihm der einzige Kurs zur Rettung.

Helene: Meine vielen schweren Fehler erkenne ich an, schreibt er, verurteile und bereue sie.

Pierette: Verwarnung. Rüge. Strenge Rüge. Ausschluß.

Biafra: Helene, die Koffer sind gepackt. Zur abschließenden Beurteilung die Niederschrift.

Helene: Aber ab acht ist zu. Wenn überhaupt wer kommt. Nicht stecken bleibt in der Asche.

2.

Flutensprung

Verelendung der Massen. Kostenloses Marihuana für das Wachregiment. Eine Frau, die sich bei näherer Betrachtung als die Souffleuse Recamier entpuppt, die wieder bei Stimme ist, redet von Libertinage. Ihre Rede wird zunehmend von Parteitagsbeschlüssen übertönt. Musiker mischen sich ein, besetzen die Bühne und intonieren einen Choral. Das Publikum erhält die Texte auf Flugblättern.

Wahnblut: Strick, Strich, Schaukelstuhl. Video, Barock, Radio. Tonspur, Tennisschläger, Epidiaskop. Gespenster.

Bolder: Die gegenwärtige Lage und der Kampf! Kein Auge krieg ich zu! Setz ich mich die Nacht in den Wartesaal.

Wahnblut: Der schließt um zehn. Und wenn morgen vielleicht doch Biafra kommt.

Bolder: Ach –

Wernitz: Sie sehen mich nicht an.

Wahnblut: Du bist nicht gerade freundlich zu ihnen.

Bolder: Ich habe dir auch gesagt, was ich von deiner Art zu leben halte.

Wernitz: Er hat gesagt, daß ich vorbeikommen soll, und das ist alles?

Bolder: Ich begreife nicht, was du an diesen Jungen findest?

Wahnblut: Hör auf.

Wernitz: Er hat gesagt, bei Ihnen. Und wenn Sie nicht da sind, mit ihm.

Wahnblut: Mit dir?

Wernitz: Ich glaube, daß er es gesagt hat. Außerdem meinen wir, daß es eine Verschwendung des Lebens ist, an einem Platz zu verharren.

Bolder: Ich gehe hin.

Wahnblut: Nein, Bolder, zuerst wirst du frühstücken. Ich habe auf dich gewartet. Weißt du, bevor du dich an den Tisch setzt, hör zu: Andere haben sich verbrannt, wir ließen uns scheiden.

Bolder: Was?

Wahnblut: Zieh deine Jacke aus. Ohne Handschuhe. Kleine Hände. Kannst sie waschen. Wie du dir, so ich mir.

Bolder: Am liebsten würde ich –

Wahnblut: Dann gehst du nicht?

Bolder: Ich pfeif drauf.

Wahnblut: Leben oder Tod.

Wernitz: Wie?

Wahnblut: Das ist jetzt einen Monat her.

Wernitz: Ach ja.

Bolder: Na?

Wernitz: Und gegen das Leder hätten Sie nichts?

Wahnblut: Bestimmt gewöhnt er sich dran.

Wernitz: Sie wollen das zum Kampftag tragen?

Bolder: Sicher doch.

Wernitz: Und auf Versammlungen – ?

Bolder: Überall. Wenn ich mich für was entschieden habe – selbst im Mazda!

Wernitz: Dann müßten wir uns endgültig trennen!
Wahnblut, nicht wahr?

Wahnblut: Nun — größte Aufmerksamkeit dem Vieh, den Maschinen
und dem Frühjahrsgemüse. Das Eigentum des Volkes gilt es
zu schützen.

Bolder: Aber ich erfülle das Soll doch über den Plan!

Wernitz: Unter Verletzung der Vorschriften!

Bolder: Welcher?

Wahnblut: Vielleicht aller erdenklichen? Getreu dem Fahneneid, ehrlich
und gewissenhaft an jedem Einsatzort?

Wernitz: Moment mal, Pierette. Ich habe eine präzise Frage gestellt —
er ist mir die präzise Antwort schuldig geblieben. Also: welche Vorschriften hätte er verletzt?

Pierette: Im Kopf hab ich sie natürlich nicht. Müßte ich nachschlagen.
Sie erlauben?

Wernitz: Ich bitte sogar darum. Entsprechend der erfolgten Belehrung
alle Versuche der Verbindungsaufnahme sofort zu melden.

Bolder: Bin ich ja neugierig. Werde mich natürlich selbst und unver-
züglich vergewissern. Mit aller Entschlossenheit.

Pierette: Ach?

Wahnblut: Steht nirgends was Entsprechendes? Gegnerische Zentren,
Kräfte, Angriffsrichtungen.

Powell: Man sagt, daß ich ein hübscher Kerl bin.

Pierette: Ach, er wollte mit dir sprechen?

Powell: Er hat mit mir gesprochen.

Pierette: Na? Bewertung der Ziele, des Charakters, des Umfangs der
subversiven Angriffe.

2. Flutensprung

Powell: Er hat mir gesagt, daß es eine Rolle gibt in seinem Film für ein junges hoffnungsvolles Talent wie mich.

Pierette: Was?

Powell: Dich mit so einem Typ abzugeben. Erkennbare Informationsinteressen?

Pierette: Du tust mir weh.

Powell: Ich will es wissen. Videovorführungen in der US-Bibliothek? Taramoussalata bei Herrn Rallis in der Residenz? Illegale Literatur im Diplomatenwagen oder nur Steaks für die Gartenparty?

Pierette: Wienerwalzer, Chanson, Rock, Ansätze zum Nachhaken bei weiteren Gelegenheiten.

Powell: Wie hast du nur können?

Wahnblut: Nimm nichts Süßes von Kameltreibern.

Pierette: Ich arbeite nicht heute Nacht. Ich führ dich zum Essen aus und dann gehen wir ins Kino.

Powell: Kostenloses Marihuana.

Pierette: Improvisieren, Exerzieren, unter Kontrolle halten. Du weißt, daß es überhaupt nicht gut ging. Romantische Schwärmerei. Blickfeldarbeit alles in allem.

Powell: Sie lebt.

Pierette: Konnte nicht sterben. Es ist doch wohl der politische Zweck, der dieses Mittel heiligen sollte.

Bolder: Wollte.

Pierette: Du hast mir nicht zugehört. Du machst dir deinen Tag, wie es dir paßt.

Powell: Wenn sie doch nicht tot ist.

Pierette: Ja, immerhin.

Powell: Aber wir nicht, nicht wahr? Und die Legende?

Powell: Er war ein Blonder. Seine Sprechstundenhilfe.

Wahnblut: Tja. Revisionistische, opportunistische und pazifistische Denk- und Verhaltensweisen findest du auch ohne Maßnahmenplan. Sie sind das Salz in unseren Wunden.

Powell: Aber jetzt ist sie zu Hause – und ich arbeite wieder.

Wernitz: Als was, wenn ich fragen darf?

Powell: Auch als Sprechstundenhilfe. Mein Mann war Zahnarzt. Von nichts kommt nichts. Nur bin ich jetzt mit einem anderen – auch nicht ohne Kohle.

Wernitz: *(Zieht ein Taschenmesser, um auf Powell einzustechen. Wahn-blut geht dazwischen.)*
Die Einheit, Reinheit und Geschlossenheit müssen wir wie un-seren Augapfel hüten.

Wahnblut: Künstler und Tschekisten sind die Schrittmacher in eine bes-sere Welt, Himmelsschlüsselblume, du.

Pierette: Will gewiß auch erst geschluckt sein – so was. Nur daß man später vielleicht nicht gar so traurig bleibt. Ohne Schaupro-zeß.

Wernitz: Bestimmt nicht, meine liebe Freundin. Es waren keine 16, es waren 18 Millionen Tote. Leugnen, natürlich muß man leug-nen. Es ging doch um die Familie. — Ich bin schon wieder ganz fidel.

Wahnblut: Mittag. Diese Hunde beißen wieder.

Helene: *(guckt herein)* Wir müssen wohl.

Pierette: Sonst kommen schon die ersten vom nächsten Durchgang.

Wernitz: Ich stell mich schon an. *(Ab)*

Helene: Ich auch. *(Ab)*

11

Pierette: Wartet doch! *(Beendet eilig ihr Make-up.)*

Alles nur Einbildung. Wir machen die Statistiken weiter manuell. Parallel gibt die Maschine die gleichen Zahlen heraus. Wo immer der eiserne Stachel hingeht. Und das um zu prüfen, ob alles entsprechend funktioniert. Wenn das eine Strafkolonie sein soll! Vorwärts! *(Ab)*

Souffleuse:

Abwehr, Abwerbung, Agentenzentrale, Agentur, Andersdenkende, Angehörige der Grenztruppen, Anschlag, Antragsteller, Arbeiter- und Bauern-Inspektion, Aufenthaltsbeschränkung, Bausoldat, Bereich Inneres, Botschaftsbesetzung, Boykotthetze, Desinformation, Destabilisierung, Disziplinarmaßnahmen, Diversant, Eingaben der Bürger, Fahneneid, Fahnenflucht, Feindbild, Republikflüchtiger, Abschaum, CIA, Gegenplan, unsere Freunde, Geheimdienste der BRD, Genosse Kim Il Sung, toter Briefkasten, Bischof Dibelius, Grenzsicherungskräfte, Glasnost, Grenzverletzer, Großer Lauschangriff, Kader, Hauptverwaltung, Kampftruppen, Klassenkampf, KSZE, RWG, SED und DSF, Reisekader, Rote Kapelle, Menschenhändlerbanden, Revisionismus, Sabotage, Staatsbürgerschaft, Staatsverleumdung, Tag X, Tatverdacht, Transitwege, Feliks Edmundowitsch Dzierzynski, Verrat, Verbrechen gegen die Souveränität der DDR, den Frieden, die Menschenrechte (StGB/DDR, Besonderer Teil, 1. Kapitel). Sieg Heil.

Powell: Weiter im Text. Na also.

Wahnblut: Zum Glück hast du deine Stelle.

Powell: Ja, zum Glück.

Wahnblut: Was lachst du?

Powell: Du riechst wie er.

Wahnblut: Wer?

2. Flutensprung

Powell: Biafra.

Wahnblut: Ohne dich ist auch der blaue Himmel grau.

Powell: Ob ich mir Fragen gestellt habe? Ja sicher, du hast mich nicht daran gewöhnt, daß du für mehrere Tage verschwindest, ohne was zu sagen.

Wahnblut: Nein, ich habe keinen Hunger. Komm mit. Man redet nicht so viel. Auffälliges Verhalten bei Dienstreisen in die BRD? Hinweise auf Kontaktversuche oder persönliche Treffs mit Geheimdienstmitarbeitern? Und wenn die Sirene heult, machen sich alle aus dem Staub, ohne ein Wort.

Powell: Du weichst aus.

Wahnblut: Gar nicht. Doch e i n e Antwort ist keine. Ehe nicht alle Mittel der Überzeugung ausgeschöpft sind –

Powell: – jonglierst du, ich weiß.

Wahnblut: Was ich nicht weiß, macht mich nicht heiß. Ermittlungen, Beobachtungen, Post- und Telefonkontrollen.

Powell: Warum eigentlich und wie lange nicht?

Wahnblut: It is going to take time. Violett ist weniger hell als Gelb.

Powell: Ein täuschender Anschein. Guck dir die Sonne durch ein Prisma an, und das Gelb quetscht sich ins Blaue, respektive Orange mit Violett. Money. Wie es sich gehört, erhöhe ich deine monatlichen Zahlungen. Es geht mir gut, und ich hoffe dasselbe von dir.

Wahnblut: Wie es sich gehört. Grün und Rot vertuschen den Gegensatz.

Powell: Er gebraucht oft diesen Ausdruck.

Bolder: Es ist nur normal.

Powell: Mensch ärgere dich doch.

13

Wahnblut: Ich sagte zu ihm: komm näher. Und während er mir eins drüberschlug, hielt ich ganz still. Ice in the sunshine.

Powell: Von all unseren Kameraden war keiner so treu und so gut.

Wahnblut: Augenblick, liebe Gäste. Der Zauberer hat leider endgültig abgesagt. Jo und Feliks, sie leben hoch! Viel Vergnügen.

Powell: Wenn es nicht ausgerechnet meine Peitsche wäre.

Wahnblut: Spielen wir einfach weiter Karten. Machen wir es uns gemütlich.

Powell: Der eigenen Schöpferkraft entspringende Gegensätze. Differenzcharakter.

Wahnblut: Und? Etwa Entwicklungs-Monismen?

Powell: Goethe oder Newton? Keine Halbheiten bitte.

Wahnblut: Der aus dem Herzen dringt und in sein Herz die Welt zurückschlingt.

Powell: Unvermeidliches Tribut in gesellschaftlich- ästhetischer Hinsicht. Herzauf.

Wahnblut: Herzab. Solch dauerhafte Diskrepanz ist schon ein merkwürdig unerlöster Zustand.

Powell: Geistig-moralisch ohne jeden Herrschaftsanspruch. Noch eine Kadarka?

Wahnblut: Aber nicht im Führungsgespräch. Herr Doktor ist Antialkoholiker – möchte dereinst in den Wolken begraben sein.

(Bedauerndes Gemurmel. Die Frau verteilt Winkelemente. Aasduft.)

Powell: Du weichst mir aus, Genosse.

Wahnblut: Und du wirst dir eine neue Tätigkeit suchen?

Powell: Nicht sofort. Ich will reisen. Dinge tun, die ich seit langer Zeit gern machen wollte.

Wahnblut: Ich werde sie wegräumen.

Powell: So viele Dinge, daß ich überhaupt nicht weiß, wie ich meine Träume in die Tat umsetzen kann. Freiheit.

Wahnblut: Du wirst das aushalten ohne regelmäßige Arbeit?

Powell: Ich werde wieder arbeiten, aber zuerst will ich jede Stunde für mich haben. Ich werde in die Bibliotheken gehen. Ohne Giftschränke und Denkverbote wird mein Appetit nicht zu zügeln sein. Ich esse auch Sushi und Frankfurter. Ich sage, wenn ich's meine, NEIN, und keiner kann mir was. Mein Kopf –

Wahnblut: Mein Kopf ist o.k.

Powell: Wovon?

Wahnblut: Ich habe ein Ziel vor den Augen.

Powell: Wie heißt es?

Wahnblut: Du findest es überall, wo Sonne wächst.

Powell: Ach ja.

Wahnblut: Was soll das heißen?

Powell: Wenn das deinem Kopf gut tut –

Wahnblut: Es genügt nicht, Träumen nachzuhängen. Punkt! Ich bin sicher, wenn du Ausdauer gehabt hättest –

Powell: Hör auf!

Bolder: O.k. Leute, wir sind gerettet. Endlich. O.k.

Powell: Bist du sicher, daß er nicht zu Hause ist?

Wahnblut: Er hat auch gesagt, er kommt später.

Powell: Wann?

Bolder: Bestimmt nicht vor zehn oder elf. Hilft einem Ehemaligen. So was dauert. Hier, die Akte.

Powell: Von ihm?

Wahnblut: Krempel die Ärmel auf und schlag die Beine um.

Powell: Und wenn er doch früher kommt?

Bolder: Glaub ich nicht. Hart wie Krupp-Stahl. Pardon. Ich meine Scholochow oder wie der hieß. Mach schon.

Wahnblut: Aber paß auf. Man kann sich woanders fragen, ob du Bescheid weißt.

Powell: Wie man?

Wahnblut: Ich weiß nicht.

Bolder: Sie sind vier. Ich habe ihnen zu essen gegeben. Sie haben mich darum gebeten. Sie stehen stramm.

Powell: Bolder!

Bolder: Aber sie arbeiten nicht.

Wahnblut: Sie haben Glück. Wirklich geil.

Bolder: Sie sahen todmüde aus.

Wahnblut: Du bist ein gemachter Mann.

Powell: Aber sind das deine Freunde?

Bolder: Wieso?

Wahnblut: Ja, sie sind anders. Ich will dir was sagen – mir gefällt das nicht.

Bolder: Ich werde dir erklären –

Wahnblut: Als ich in den Keller gestiegen bin, habe ich sie da vorgefunden.

Powell: Ach ja. Hast du dir deine Lektion über den Sozialismus anhören müssen? Hat er dir erzählt, daß er deine Bekanntschaft durch den Sozialismus gemacht hat?

Wahnblut: Du wärest der Kader, wenn du seine Ideen teiltest.

Bolder: Du glaubst noch ans Karma?

16

Powell: Höchstens mein Freund – allerhöchstens!
Wir kennen uns nämlich erst seit heute nachmittag.

Bolder: Seit heute?

Wahnblut: Ja. Klar? Darum ist es doch so geil, wie es beim Klassenfeind heißt.

Powell: Aber zu meinen Freunden bin ich dann doch nicht so. Obgleich ich es selber geil fand, daß er mich ausgeguckt hat.

Bolder: Zweifellos.

Wahnblut: Ist überhaupt ein irrer Typ. Nicht, daß du denkst, ich verknalle mich immer so schnell. Kein Stück – normalerweise. Wie sich Fiktion und Realität bei ihm endgültig vermischen ist geradezu von entrückter Gelassenheit.

Powell: Unbeirrt und doch kein Vortrag.

Wahnblut: Ja, ja, nur... Ob man es glaubt oder nicht: Ich hab keine gekriegt. Sätze lang und Standpunkte unklar, macht mich eine an. Umsonst. Und dann weiter von Ort zu Ort – keine zu kriegen!

Bolder: Über sieben Brücken sollst du gehn –

Powell: Zunächst – und dann weiter.

Bolder: Lieber Himmel! Simple Sadness!

Wahnblut: Ach, wenn ich am Wandern bin –

Powell: Wir wollten schon den Laden dicht machen.

Wahnblut: Wieso denn?

Bolder: Weil wir dachten, Ihnen wäre was passiert.

Powell: Sie sind wachgeblieben so lange?

Wahnblut: Immerhin waren wir verabredet – oder?

Bolder: Wenn ich es geahnt hätte, daß Sie es so direkt nehmen –

2. Flutensprung

Wahnblut: Jeder hat nur eine Haut. Darunter ist es wund.

Powell: Wollte Sie auch nicht enttäuschen. Daß ich losgehe und mit leeren Händen zurückkehre –

Bolder: Hätten Sie es wenigstens angekündigt!

Wahnblut: Ja. Wenn man drauflos hofft. Papier ist immer ein Beweis.

Powell: Ich weiß, was du mir verbirgst. Gib mir den Bericht.

Wahnblut: Du glaubst mir nicht. Es ist wegen dieser Libertinage? Weißt du, die Genossen können mir mal. Das Sichere ist nicht sicher.

Bolder: Den Fluß laß drüber rinnen, wie? Ich muß dir versichern, das hat Folgen.

Powell: Aber ich hab auch bei Biafra angerufen.

Wahnblut: Sie haben dir irgendwas gesagt. Hat man durchgestellt? So, wie es ist, bleibt es nicht, was?

Powell: Ich weiß nicht, warum du ihn um Geld gebeten hast?

Wahnblut: Er ist gut bei Kasse. Strick oder Strich. Keine Ausflüchte.

Bolder: Strafverbüßung auf dem Golfplatz.

Wahnblut: Das geht nur mich an.

Powell: Nach allem, was du über ihn gesagt hast.

Wahnblut: Ja, er kotzt mich an. Und wenn sein „A" noch so groß ist!

Bolder: Aber was machst du denn? Bist du verrückt? Zerreiß dir doch nicht den LaCoste!

Wahnblut: Wieso denn? Marihuana kostenfrei auch für dich. Mit Bad und Kühlschrank!

Bolder: Diet. Wir gehen immer zehn nach sieben – Powell und ich.

Powell: O.k. Hol ich die Maschine halb acht. Prost, frisch zum Umbringen. Liegt garantiert auch am Regen.

18

2. Flutensprung

Wahnblut: Ich kann ja die Jalousien runterlassen. Na? Und schnell ist's säuberlich, wie der Dichter sagt.

Pierette: Ja, besser. Wenn du wüßtest, wie oft ich mir das vorgestellt habe.

Powell: Und vielleicht hätte es doch gleich geklappt – draußen im Mondschein.

Wahnblut: Wenn es regnet und regnet. Seit wann sind Sie dabei?

Pierette: Geben Sie mir Zeit! Nein, anders, aber ebenso sehr. Komm.

Wahnblut: Wenn du meinst.

Bolder: Ein Ziel im Leben. Vergiß den Schaukelstuhl nicht.

Pierette: Gerade noch ein letztes Stückchen.

Wahnblut: Und deine Verlobten?

Pierette: Die stellen wir in einer Reihe auf, Feliks!

Bolder: Kulaken und Riashörer, runter die Rampe. Das Geld.

Pierette: Was?

Bolder: Du weißt genau.

Pierette: Nein.

Wahnblut: Und das Dunkel schürt die Flammen. Es ist nicht mehr da.

Pierette: Ich habe vergessen, es dir zu sagen.

Bolder: Wie hast du es gemacht?

Pierette: Ich werde es dir wiedergeben.

Bolder: Du hast es genommen.

Pierette: Ja, obgleich ich es nicht gern zugebe.

Bolder: Nicht bei mir.

Wahnblut: Sie sollten viel öfter.

Pierette: Und ich wollte keine sein.

Bolder: Da kann keiner was machen.

Pierette: Nicht, was das Wetter betrifft.

Wahnblut: Sie – Sie leben auch allein?

Pierette: Ja.

Bolder: Ist ja eigentlich das Wichtigste – vom Wetter mal abgesehen.

Pierette: Ich bringe dir einen Teil des Geldes.

Bolder: Ich bin auf ihrem Begräbnis gewesen.

Pierette: Sie wußten, daß du gern im Bett liegst.

Bolder: Ja.

Wahnblut: Jetzt bist du frei. Aus der Ruhe und der Stille entsteht das Neue, nicht wahr?

Pierette: Ich werde mich um dich kümmern, solange du hier bist.

Wahnblut: Wenn ich hier bleibe, werden sie mich schnappen.

Pierette: Sie sind schon mehrmals gekommen. Sie überwachen das Haus.

Bolder: Sie haben dich angefragt?

Pierette: Erst waren sie eher zuvorkommend, haben dann aber trotzdem die Wohnung durchsucht. Sie haben alle Briefe gelesen, die ich aufgehoben habe. Sie haben deine Matratze aufgeschlitzt, deinem Aufleger eine Geruchsprobe abgenommen.

Wahnblut: Was haben sie dir gesagt?

Pierette: Devisenvergehen, Kontakte mit westlichen Diplomaten.

Wahnblut: Dann hast du ihm schon erzählt – von uns?

Pierette: Nein. Noch wußte ich ja nicht, ob es wirklich wichtig war.

Wahnblut: War?

Pierette: Ist.

Bolder: Und plötzlich weißt du es?

Pierette: Jedenfalls, daß ich es ihm jetzt sagen muß.

Wahnblut: Bis ans Ende der Welt würde ich mit dir fahren – und wenn es noch so regnet!

Bolder: Hör auf.

Pierette: Ja, Genossen. Bin mit Kerwien ab durch die Mitte. Alles weitere morgen.

Bolder/Wahnblut:
Kerwien!

3.

Tertium Datur

Strafmaschine. Die Projektionswand rückt merklich ein Stück nach vorn. Sie entläßt eine Pierette. Die Pierette spielt mit einem bunten Ball. Versteckspiel an unsichtbarer Front.

Wernitz: Wie verträgt sich dein gesellschaftliches Engagement mit der Überzeugung, daß der Sinn des Lebens eher auf dem Gebiet spiritueller Erkenntnis gefunden werden kann als im Zuge politischer oder wissenschaftlicher Betätigung?

Kerwien: Das sind zwei Ebenen, die sich nicht berühren. Das eine ist der tägliche Kampf unter der Käseglocke der Dialektik um ein bißchen mehr dies und ein bißchen weniger jenes. Das mag für den Moment von Wichtigkeit sein, bedeutet aber außerhalb dieser Käseglocke wenig.

Wernitz: Sie wollen mich zum Berichte schreiben.

Helene: Erzähl doch.

Wernitz: Ich hab's schon zehnmal erzählt.

Kerwien: Klare Entscheidungsstrukturen und die Notwendigkeit von gegenseitigem Vertrauen.

Helene: Im kreativen Prozess, nicht wahr?

Wernitz: Was da nur zählt, sind Erfahrungen und Wahrheiten, die spirituell auf das Bewußtsein wirken. Ihr wißt, herumkommandieren liegt mir nicht.

Helene: Ja, nicht nur Schutz und Schild, sondern Alternative zur Realität. Trotz alledem.

Kerwien: Nur so entstehen die Menschen, die – in sich gefestigt – mit der Sicherheit ewiger Wahrheiten vertraut – zusammenleben können, ohne sich wegen ökonomischer Vorteile den Schädel einzuschlagen.

Helene: *(bringt das Thermometer, will es ihm unterschieben)*

Mit Spiritismus hat das nichts zu tun.

Kerwien: Nicht doch, kann ich ja drüben bei mir.

Pierette: Nur nicht geniert. *(Nötigt ihn aufs Bett.)*

Helene: Der neue Trend zur Religiosität müßte dich ermutigen.

Kerwien: Nein, denn was sich da im Schoße von Kirchen und Sekten abspielt, ist Blendwerk.

Wernitz: Ritueller Firlefanz, Eingeständnis von Unsicherheit.

Kerwien: Nur keine Umstände. In die Tiefe der individuellen Geister geht es da nicht, darf es gar nicht. Halleluja.

Helene: Dabei hab ich mich so aufs Kanasta gefreut.

Wernitz: Bis dahin bist du gewiß wieder auf dem Posten. Aber ich weiß nicht, was ich wirklich aufschreiben soll. Jede Ordnung auf der Welt ist ein endloses Experimentieren der Menschen mit sich selbst. Ohne Fallhöhe kein Glaube. Die Mühen der Ebene verlangen Sinnstiftung.

Kerwien: Denn sonst würde man ja merken, daß die Gewißheit eines Lebens nach dem Tode an keine Religion gebunden ist.

Helene: Trotzdem. Aber Biafra freut sich schon.

Wernitz: Du hast diese Gewißheit?

Kerwien: Ja. Entscheidend ist nicht die Gotteskonstruktion, die man sich zurechtlegt, sondern eben diese Gewißheit aus sich selbst heraus.

Wernitz: Na seit dem Rückzug der Trittbrettfahrer wirds ziemlich eng um ihn. Wir wissen sehr genau, daß seine Weltflucht durch Devisen gekauft ist.

Kerwien: *(fiebert)* Reinkarnation ist keine Glaubensfrage.

Helene: Das will nichts heißen.

Wernitz: Das will eine Menge heißen.

Helene: Eine Gewohnheit. Rein konspirativ.

Kerwien: Und niemals ein Wort dabei? Ihr Name, ihre Adresse ist immer noch die gleiche?

Wernitz: Hast du nie daran gedacht, sie herkommen zu lassen?

Kerwien: Sie hat das Protokoll im Keller unterschrieben. Das selbstbestimmte Individuum ist die frechste Lüge des Klassenfeindes. Wir haben uns dann regelmäßig im Theater getroffen.

Wernitz: Wieviel Glauben glaubt das Theater! Entschuldige.

Kerwien: Dies ist erstmal dein Problem.

Wernitz: Ja, ja, bloß – mir passiert's ja zum ersten Mal. War zwar blöd von mir, daß ich's nicht wenigstens schon theoretisch überlegt habe – spätestens, nachdem wir uns das zweite, dritte Mal getroffen hatten.

Kerwien: Man diskutiert innerhalb der Leitung, um die Haltung festzulegen, die eingenommen werden muß.

Wernitz: Sie würden nicht einen zum Schichtführer ernennen, der nicht in der Lage wäre, Schichtführer zu sein, heißt es bei Lenin.

Kerwien: Richtig. Nicht mal bei Shakespeare kommt das vor.

Helene: Du kommst nun doch mit?

Wernitz: Überleg ich's mir doch noch mal. Nur, weil er keine Ruhe gibt.

Helene: Nach Jugoslawien wolltest du nicht?

3. Tertium Datur

Kerwien: War ja auch weiter. Und quer übers Meer.

Helene: Unter Land ist's schlimmer – sagt unser Apotheker. Weil da die Wellen brechen.

Wernitz: Wirklich?

Biafra: *(tritt auf)* Guten Morgen, allerseits. Wohl alles klar? Hier auch Ihr Radio, Helene. Mit Dank zurück.

Helene: Keine Ursache.

Biafra: Nicht wahr: Sie sind doch dabei? Wir brauchen Kader wie Sie. Wenn man entsprechende Vorsorge getroffen hat –

Wernitz: Ja, natürlich, aber was heißt „Vorsorge"?

Biafra: Alles in allem sind wir es, die entscheiden, was ihnen steht.

Kerwien: Vergiß nicht, was wir besprochen haben. Wer bist du, daß du nach Gottes Plan fragst, Genosse?

(Pantomime: La Femme 100 tetes wird gehenkt. Es gibt einen Kopf. Die Pierette weiß nicht, wohin mit ihm. Sirengeheul. Suchscheinwerfer. Helene und Wernitz spielen Ball.)

Pause

4.

Negation der Negation

Die Erde ist leer. Die Projektionswand zeigt Goyas Bild: Der Traum der Vernunft gebiert Ungeheuer. Im Vordergrund ein einsamer Philosoph, von der Wahrheit gerädert. Die Scheinwerfer tauchen die Seitenwände in buntes Licht. Im Ascheregen ein

Chor, der einen Auftritt vorbereitet:

freigewählter Auszug aus Gargantua,

Dubčeks Rede aus langen Pausen,

Mai-Losungen des jeweils letzten SED-Aufrufs;

Madame Recamier, Pierette und Psyche abwechselnd Chorführer mit Masken.

5.

Verelendung der Massen

Beleuchtung wie in Gartenlokalen der Zwanziger. Die Phantasmen, die seit Schiele und Dix salonfähig sind, nehmen gegenständliche Form an. Jeder versteht jeden in allerlei Sprachen: Was von der Apokalypse zu halten ist. Darunter die schon bekannten Kundschaf-terinnen als Transvestiten an der Protokollstrecke, zur Leipziger Mes-se und bei der Hasenjagd in der Schorfheide.

Biafra: Die Person, die die Wahl damals gewann, hat zunächst mal 250 Polizisten mehr gemietet. Die Polizei in San Francisco ist denn auch prompt brutaler geworden. Und das nicht nur gegenüber den Punks.

Powell: Das ging so weit, daß sie bei einer großen Straßenfete an-läßlich des nationalen Cup-Gewinns der 49er plötzlich auf die „Football-Fans" einzudreschen begannen. Das waren die Bilder, die ein ganzes System bloßlegten. Der Rassismus ist immanent, solange der Kapitalismus herrscht.

Biafra: Du sagst es, Freund. Trotzdem gehört sie zu dir.

Powell: Jetzt weiß ich nicht mehr recht.

Kerwien: Sie haben sie hergebracht.

Powell: Sie gehört jetzt zu uns beiden.

Biafra: That's great.

5. Verelendung der Massen

Powell: Die Geschichte mit Wahnblut war natürlich die, daß er sehr dominierend war.

Biafra: Aber wir gaben ihm auch die Gelegenheit, seine Ideen zu entwickeln. Wir haben uns hingesetzt, haben ihm sehr geduldig und ernsthaft zugehört und seine Vorstellungen dann übersetzt.

Powell: Das Kollektiv war die Plattform, auf der er seine Gedanken freisetzen konnte. Und genau darauf kommt es auch an: Man ist in einer bestimmten Situation kreativ, weil die anderen es ermöglichen.

Biafra: Das ist heute mit Bolder genauso. Er schreibt die meisten Berichte, was er früher genauso hätte machen können. Aber er tut es jetzt, weil wir ihm die Gelegenheit geben, ihm sagen, daß wir seine Sprache verstehen.

Kerwien: Mittel des Clowns?

Powell: Aber du bist ja kein richtiger Clown! Das ist der Unterschied.

Biafra: Und du kein tragischer Athener!

Powell: Trotzdem. Wenn ich sage –

Biafra: Sag's nicht. Nicht noch mal. Ich brech dir die Rippen. Vielleicht –

Kerwien: Ja?

Biafra: – hätten wir doch lieber pur spielen sollen. Du den volkseigenen Produktionsleiter, ich den Nationalpreisträger.

Kerwien: Geschenkt. Trotzdem. Wie fühlt ihr euch nach der Solidaritätsadresse?

Powell: Manchmal schon etwas komisch, das muß ich zugeben.

Kerwien: Euer Souffleur zum Beispiel mußte heute grinsen.

Powell: Du meinst, er war nicht voll dabei. Kann sein, er hat zur Zeit seine rebellische Phase.

Biafra: Und er will natürlich seine Texte sagen, wie sie sind.

Pierette: Daher ist es etwas schwer für ihn, die alten Stücke zu verändern, will sagen, dialektisch aufzuheben, usw.

Powell: Ja, man kann nie genug an der Volksverbundenheit und dem Klassenstandpunkt arbeiten. Aber meistens kommt er doch gut rein.

Pierette: Wobei ihm natürlich hilft, daß es wirklich gute Stücke sind, die beim Publikum auch gut ankommen. Er braucht eben den ständigen Kontakt mit seiner Brigade.

Kerwien: Gut so.

Powell: Manchmal überleg ich schon, ob ich nicht gänzlich weggehe vom Theater –

Kerwien: Wieso?

Pierette: Haben Sie nie, nie an einen weiteren Versuch gedacht?

Kerwien: Wer tanzt heute noch Rock and Roll? Danke, Herr Powell.

Powell: Es war mir ein Vergnügen.

Pierette: Jetzt, Herr Powell, würd ich's mal riskieren.

Powell: Und die, durchweg brave Bürger, die vorher immer die Polizei unterstützt hatten, schmissen spontan Steine und Flaschen nach der Polizei.

Pierette: Das ging vier bis fünf Stunden so, und obwohl die ganze Stadt gegen die Polizei tobte, lobte die Bürgermeisterin ihre Cops.

Powell: Bis sie erfuhr, daß einem ihrer besten Freunde die Zähne eingeschlagen worden waren. Also forderte sie eine Untersuchung, die natürlich offenbart, daß die Polizisten sich wie die Berserker aufgeführt haben.

5. Verelendung der Massen

Pierette: Und daraufhin tritt sie scheinheilig an die Öffentlichkeit und fordert, alle Schlagwaffen sollten aus der Stadt verbannt werden. Was natürlich unmöglich ist.

Kerwien: Aber die Geschichte stand in den Schlagzeilen und verbannte den Untersuchungsreport auf die letzte Seite.

Powell: Mein Kompliment, Frau Pierette. Wie – wie eine Elfe strippen Sie!

Pierette: Jetzt geniert's mich fast.

Kerwien: Ja?

Biafra: Aber um nochmal auf deine Grimasse zurückzukommen –

Powell: Ich laß sie weg. Nützt ja auch nichts. Macht man sich höchstens selber was vor – sich und den Leuten.

Biafra: Vielleicht – vielleicht könnt ich's ja auch anders sagen.

Kerwien: Ich kann ja die Hosen runterlassen!

Biafra: Klar. Trinken wir einen und beölen uns dann wieder: an meiner Grimasse und deinem –

Powell: Hör auf!

Kerwien: Und falls noch drei Zuschauer da sind, kriegt jeder 'n Autogramm und gibt einen aus und bums – ist die Welt wieder in Ordnung. Die Theaterwelt!

Biafra: So ist es eben.

Kerwien: Muß sie so bleiben?

Biafra: Ja. Wir tauschen einfach – und morgen spiel i c h den Clown!

Kerwien: Das ist ein Fall für die Kontrollkommission. Das Unkraut des Revisionismus ist weder eine Blume, noch schön, noch eine nützliche Pflanze, heißt es.

Biafra: Beweise das mal.

5. Verelendung der Massen

Pierette:	Die beiden anderen Mädchen standen dabei.
Kerwien:	Es geht um den kollektiven Führungs- und Wahrheitsanspruch der Partei.
Pierette:	Du durftest ihn nicht anrühren.
Powell:	Ein schwerer Fehler.
Pierette:	Ich wollte ja gleich. Schon wegen des Wetters und all dem…
Biafra:	Na wenn schon.
Pierette:	Dich hat es ja auch nicht erwischt! Nicht dabei und überhaupt nicht.
Biafra:	Was weißt denn du — !?
Pierette:	Und siehst du: drum ziehe ich Leine.
Powell:	Sag mir, was ist das für eine Geschichte?
Kerwien:	Den knöpf ich mir vor.
Biafra:	Es wird Gerechtigkeit geben.
Powell:	Ich glaube nicht an die Gerechtigkeit. Er wird sehen, wo er bleibt.
Pierette:	Man darf nicht einer Sauerei eine andere hinzufügen.
Kerwien:	Wenn das keine Legende ist!
Powell:	Einer nach dem anderen.
Pierette:	Ich nicht.
Kerwien:	Du nicht?
Pierette:	Nein, niemals!
Kerwien:	Wir könnten alle drei zusammen.
Pierette:	Ich nicht!
Powell:	Aber ja.
Pierette:	Ich laß euch allein.

5. Verelendung der Massen

Powell: Ich zieh dich aus.

Kerwien: Ich hab für so was keinen Sinn.

Pierette: Dann zieh mich aus.

Powell: Hat eben jeder andere Freizeitinteressen! Aber hier stört's niemand?

Pierette: Ich hab die Tür polstern lassen.

Powell: Darf ich mal sehen? Damit könnt ich vielleicht auch bei mir zu Hause – !

Kerwien: Wie wär's mit dem „Heideröslein"?

Pierette: Singe ich oft.

Kerwien: Dann bitte.
(Sie singen und bringen die Volksliedmelodie mit der Haydnschen Fassung durcheinander.)

Powell: Wann bist du dort gewesen?

Pierette: Ich habe gesagt, heute früh.

Kerwien: Sie waren nicht sehr erbaut von der Geschichte.

Pierette: Sie sprachen von Realismus ohne Scheuklappen.

Kerwien: Immerhin.

Powell: Wenn ich mich recht erinnere, hatten die Damen den Strandkorb am Volleyballplatz. Der meine steht günstiger. Wenn ich ihn kollektivem Gebrauch zur Verfügung stellen darf?

Pierette: Mit seinem „Kollektiv" immer – zweifelsfrei schuldig, wie?

Powell: Ich meine es mehr persönlich.

Kerwien: Könnten wir nicht –

Pierette: Ja?

Kerwien: – erst einmal einen darauf trinken?

5. Verelendung der Massen

Powell: Ein klares Wort! Nur nichts überstürzen. Die stählerne Egge schreibt dem Opfer das übertretene Gebot auf den Leib.

Pierette: Ein kompliziertes Nadelsystem, diese Strafmaschine. Das wär was für den Genossen Wernitz: nackt unter Wölfen in der Strafkolonie!

Kerwien: Im Dienst an der guten Sache. Es lebe der Apparat!

6.

Jahrestag der Befreiung

Die Bühne ist abgedichtet durch eine Plastefolie, Gegenstände und Personen sind schemenhaft dahinter erkennbar. Vor der Plastefolie steht ein Klappspiegel, womöglich eine Frisierkommode. Psyche, dem Publikum zugewandt, legt sich fachmännisch unter die Egge.

Powell: Welche Art von Musik bevorzugst du als Konsument.

Helene: Das reicht von den Stones über Jimi Hendrix bis hin zu Philip Glass. Ich bin nicht auf eine bestimmte Stilistik abonniert. Ich mag die Talking Heads. Und als ich Lenz gehört habe, hab ich erstmal eine Schweigeminute eingelegt.

Biafra: Ich bin von Kate Bush fasziniert. Im Gegensatz zu Kim Wilde, Pat Benatar oder Debbie Harry, die sich alle nach oben kämpfen mußten, kommt Kate Bush von oben.

Pierette: Ihr Lieder kommen von innen, sie schöpft aus sich heraus. Keine Anstrengung, keine Mühe, sondern natürlicher Fluß von Kreativität.

Powell: Quatsch doch keine Opern!

Pierette: Powell, du bist doch in der Gewerkschaft, du mußt doch verstehen, daß das keine Entscheidung war, die die Genossen leichten Herzens getroffen haben.

Helene: Du hättest schlappmachen können, unter die Räder kommen.

Powell:	Ich hatte nicht die Absicht.
Biafra:	Nein, aber. Nicht wahr?
Powell:	Ich war entschlossen, es zu schaffen.
Pierette:	In so einem Fall geht man zur Agentur.
Powell:	In so einem Fall gerade nicht.
Biafra:	Du bist nicht leicht zu verstehen.
Powell:	Verhör, Protokoll, man fordert mich auf, Anzeige zu erstatten.
Pierette:	Gehen wir einfach mal rauf und runter.
Biafra:	Er hat den Einsatz verpaßt.
Pierette:	Verhör.
Powell:	Soweit bin ich vielleicht noch nicht.
Biafra:	Dennoch, fast ebenso kläglich. Denk an Kurella.
Helene:	Ja, ja, aber ich versuch's!
Biafra:	Augenblick, Baby – leichten Herzens?
Powell:	Und mit Parteilichkeit! Welch ein Stimmchen! Oktoberrot!
Helene:	Welcome im Klub! Sie haben's ja auch geschafft.
Biafra:	Vielleicht schläft's wieder ein.
Pierette:	Täte mir leid.
Helene:	Wirklich?
Powell:	Ich meine –
Helene:	Ja?
Biafra:	Wenn Sie wirklich wollen: da wäre ja auch einiges Theoretische –
Helene:	Ich lern es auswendig. Eines nach dem anderen!
Biafra:	Und dann nehmen Sie Platz.

Pierette:	Was möchten Sie trinken: Whiskey, Kognak, Bier?
Helene:	Dann sag ich: Nein, nein, bloß keine Umstände. Ich wollt' nur Bescheid sagen, daß ich's mir noch mal überlegt habe. Und lieber doch nicht möchte.
Pierette:	W a s möchten Sie nicht, wird er nachhaken.
Helene:	Daß – Ich bin ja nicht blind, ich weiß, was vor sich geht, ist gut gemeint, aber –
Pierette:	Warum betrachten Sie nicht den Entschluß und mein Vorhaben als weitere verdiente Auszeichnung? Behalten Sie Platz. Es ist alles durchgestellt.
Helene:	Nicht doch, da lach ich mich ja kaputt. Also: Ich bin auch gerade zu einer Qualifizierung delegiert.
Biafra:	Keine Bange. Träume sind Schäume.
Helene:	Ja, heute ist mein letzter Tag arbeitsfrei.
Pierette:	Vielleicht bei mir auch, das hängt ganz von dir ab.
Helene:	Machen wir morgen weiter.
Biafra:	Meine beiden Vögel werden davonfliegen, seht mich an. Wer schläft mit mir um die Wette?
Powell:	Auf jeden Fall bestehen Chancen.
Biafra:	Das wird klappen, auch ohne Beschluß, Powell.
Helene:	Seht mich an. Oh, mir wird ganz komisch.
Biafra:	Es ist Zeit.
Powell:	Und ihr werdet schön warm unter eurer Bettdecke bleiben?
Pierette:	Ich verlange von Ihnen, entschiedener aufzutreten gegenüber Ihren Leuten. Man läßt sich gehen. *(Helene ist aufgestanden; sie zieht sich um.)* Wenn Sie Ihre Leute besser in der Hand hätten, hätten Sie

den Plan übererfüllen können. Mehr noch, Sie haben die Autorität der Organe untergraben mit ihren kleinbürgerlichen Ansichten.

Helene: Mein Schlüpfer.

Pierette: Du hast ihn im Bett liegen lassen.

Helene: Ich bin schön.

Pierette: Wer ist dieser Wahnblut?

Biafra: Einer mit menschlichem Antlitz. Sozusagen.

Powell: Hüte Dich vor ihm. Er ist nicht glücklich gewesen, als er erfahren hat, daß ich es getan hatte. Er hat gedacht, daß er mich in der Hand hätte. Sozusagen.

Biafra: Du hast eine Zukunft vor dir, eine Perspektive, genau vorgezeichnet, nicht wahr?

Helene: Na gut, dann verweis' ich auf meine Kaderakte.

Powell: Nicht vom Fach, aber vielleicht werden sie dich nehmen.

Pierette: Dann versuchen wir's vielleicht mit der.

Helene: Entschuldigen Sie –

Pierette: Ja?

Helene: Jetzt geniert's mich fast –

Pierette: Was?

Helene: Es noch mal zu probieren. Weil Sie es so – so sehr schön geschafft haben.

Pierette: Danke. Aber das ist wirklich kein Grund –

Helene: Trotzdem. Ich krieg's nicht mehr über die Lippen. Wenn's die Große Freiheit wäre!

Powell: Dazu braucht man eigentlich einen richtigen Trainer.

Helene: Ich passe schon auf. Oder wenn Sie was da hätten – ?

Pierette: Leider nein.

Biafra: Schade. Bring ich nächstes Mal mit – ja?

Pierette: Da standen dann die Jungs mit ihren Lederjacken und Irokesenfrisuren herum und tanzten im Schmalz.

Biafra: Ja?

Helene: Ich fürchte, ich habe meine Annonce falsch formuliert. Weil ich ja keine richtige Dame bin. Und wollte bloß das halbe Jahr nicht gänzlich müßiggehen.

Powell: So ist es noch?

Biafra: Da soll sich einer auskennen.

Pierette: Woher kommt er?

Biafra: Aus dem Lager.

Powell: Du bist uns böse.

Pierette: Ach nein, ich liebe euch zärtlich.

Biafra: Du wirst nicht wiederkommen.

Helene: Ich kann nicht mehr.

Powell: Was kannst du nicht mehr? Solange er keine Aufenthaltserlaubnis hat –

Pierette: Du warst mit ihm im siebenten Himmel?

Helene: Im Gegenteil.

Powell: Zu spät.

Biafra: Laß mich rein, laß mich raus.

Powell: Er hat aufzuholen.

Pierette: Nimm Nagellack.

Helene: Und bei seiner Mentalität. Er las Marx und lieh eine Maschinenpistole.

Powell: Ich habe keine Direktive.

Pierette: Du pfeifst drauf. Sie läßt uns im Stich und du sagst nichts.

Helene: Gar nicht zu reden von deinen ehemaligen Kundinnen, die dich wiedergefunden haben.

Biafra: Schaun Sie mal nach rechts.

Helene: Nützt gar nichts.

Biafra: Jetzt nach links! Und heben Sie den Kopf! Ohne Theorie keine Revolution.

Helene: Hat alles keinen Zweck.

Pierette: Und so kriegen Sie sie nie hin! Muß doch nach was aussehen.

Biafra: Hören Sie, Sie haben Ihre Aufgaben, ich meine. Und was die Musik betrifft –

Pierette: Entschuldigen Sie. Ich wollt' ja nur sagen –

Biafra: Auftrag ist Auftrag, Vertrag ist Vertrag. Sind Sie nicht Genosse?

Pierette: Aber was hat das damit zu tun?

Powell: Dann mußt du es einsehen. Genau wie ich.

Helene: Stillsitzen kann ich sowieso nicht.

Pierette: Jawoll! Ist ja immer bloß für eine halbe Stunde. Bleib mal so. Nein, dreh dich ein wenig zum Fenster hin. Lächle.

Helene: So?

Biafra: Rosa T. Tamara B. Angela D.

Helene: Du kannst einen halben Tag mit einer Kundin zubringen, wenn es gerechtfertigt ist.

Powell: Als Dessert Datteln.

Pierette: Es ist gerade ein Paket angekommen.

6. Jahrestag der Befreiung

Biafra: Jedes Jahr im Frühjahr führen wir ein Schiff voll mit Frühkartoffeln von dort ein.

Helene: Jedes Jahr?

Biafra: Natürlich. Ich meine, wir hängen nicht unbedingt davon ab –

Helene: Die rote Erde hat die Schalen eingefärbt –

Pierette: Sie zergehen auf der Zunge.

Powell: Wir beide mögen das nicht so sehr.

Biafra: Der Druck auf eine Gruppe ist sehr groß.

Powell: Da muß man abwarten können, bis die Chance kommt.

Helene: Der Gestürzte ist bereits gestorben. Adieu, Aphrodite.

*(Die Plastekabdichtung wird von Psyche zusammengerollt.
Die Bühne ist leer.)*

Ende

Nachwort (2005)

Anlauf aus der Asche entstand im Jahre 1988 in unserer Villa (mit großem Garten an kleinem Havelarm) außerhalb Berlins, wo wir zumeist die Wochenenden verbrachten. Nach Jahren endlich hatten wir durch sogenannte Eingaben kreuz und quer im Gewirr der Willkür – vom ZK der SED bis zur örtlichen Block-CDU-Bürgermeisterei – erreicht, daß wir aus dem feuchten Keller in ein freiwerdendes Mansardenzimmerchen ziehen durften. Fortan konnten uns die von der „Wohnungswirtschaft" zugewiesenen Mieter nicht mehr verdrießen!

Mit einiger Phantasie erinnerten uns die Maße unseres verwinkelten Raumes an einstige Dichterstuben in Weimar. Auf jeden Fall schufen sie Umstände für Gespräche zu Dritt, für gemeinsames Radiohören, für ein wenig extra Familienglück... Unser „Lager für Arbeit und Erholung", wie wir bis dahin die Mischung aus Pflichten und Möglichkeiten bei der Durchsetzung unserer Rechte am quasi entzogenen Besitz im DDR-Jargon umschrieben, wandelte sich zunehmend in einen Ort, an dem tatsächlich Kräfte gesammelt wurden für die nächste Woche realsozialistischen Clinchs. Die Figuren und Dialoge waren ein solch befreiendes Vergnügen, auf das sich Vater und Sohn oft schon in der Woche vorher freuten, daß uns die Stichworte und Anspielungen, die Verdeckungen und Absurditäten wie Handstreiche gegen das grotesk erstarrte SED-Regime erschienen. Das Fabulieren am widerständigen Text war unser Bemühen, dem fremdherrschaftlichen Überbau die Fundamente zu untergraben.

Beim Wiederlesen nach 17 Jahren, in der visionierten glücklicheren Ordnung, erinnern wir uns, wie sehr das Spiel mit den Bruchstücken der ruinösen Vorgänge um uns herum Teil unseres Trainings zur Hellhörigkeit und Verweigerung gegen die Anmaßungen der Diktatur war. Mit jeder Zeile wurde aus der tagtäglichen Flucht in eine unbestimmte Hoffnung die Gewißheit, daß wir auch in uns die nächste Seite der Geschichte aufschlagen müssen. Mit der friedlichen Revolution im Herbst 1989 waren denn auch der Spuk und die Absurditäten des Unrechtsregimes Requisiten einer vergangenen Zeit. Das Geheimnis unseres Stückes, das immer zuunterst im Nachttisch die Woche über auf uns wartete,

um weitergeschrieben zu werden, war, daß es millionenfach gedacht und überall zu sehen war. Daß wir uns jetzt seiner wiedererinnern, hat zweifelsohne auch
mit aktuellen Entwicklungen in Deutschland zu tun. Angesichts des auftrump-
fenden Wiedererstarkens von totalitärem Populismus sind seine Wortführer und
ihre Gefolgschaft erneut ins Visier zu nehmen und mit allen Mitteln, auch des
Theaters, preiszugeben.

HUH, 2005